文學の森

木村享史
Kimura Kyoshi

句集

# 春光

# 「花鳥諷詠」の示すもの
## ――序に代えて・講演録――

木村享史

皆様こんにちは、ご案内の通り今日の演題は「「花鳥諷詠」の示すもの」とさせて頂きます。と申しましても私は学者ではございませんで難しい話は出来ません。虚子先生から直接教わったことのある、市井の一老俳人の呟きとして聞いて頂ければと思っております。

ご承知の通りこの「花鳥諷詠」というフレーズは昭和三年にご講演の中で虚子先生が初めてお使いになられ、以後現在に至るまで、私共の指針、作句上の理念として拳々服膺しているところのものでございます。私共のお仲間に「俳句の信条は」などとお聞きしますと皆さん必ず、「ハイ、花鳥諷詠の道をひとすじに」ということを申されます。ではその「花鳥諷詠」とは何なのか。虚子先生のお心を探ってみたいと思うのでございます。

昭和二十九年七月十九日、虚子先生八十歳の夏でございます。千葉県君津市にございます神野寺というお寺で、夏の稽古会が行われました時に、先生のお作りになられました句に、

明易や花鳥諷詠南無阿弥陀

という句がございます。この句はその後、昭和三十三年に寺の後園に先生の歯塚というものが建立され、その碑の正面に彫られました。その歯塚披きの時は私も参加致しております。この句は俳壇でも話題に、いろいろと言う人もございますが、先生の代表句の一つでもございます。この句に対して先生は「我々は無際限の時間の間に生存しているものとして、短い明易い人間である、ただ信仰に生きているだけである」と述べられ、「南無阿弥陀」と「花鳥諷詠」は

並列、同じ信仰である、とも仰っておられます。

「花鳥諷詠」は虚子先生がお唱えになりましたが、「南無阿弥陀」は誰方か、それは浄土宗をお開きになりました法然さん、正しくは「南無阿弥陀仏」ですが、先生は十七音に入りきりませんので「仏」を削っておられます。

仏教のことは後でまた少しお話ししますが、この「南無阿弥陀仏」は仏教の思想だと説かれたのは哲学者の梅原猛さんです。また「花鳥諷詠」は俳句の思想だという説、これは私共伝統俳句陣営でも最近耳にすることがあります。

この「花鳥諷詠」は俳句の思想だとする説を最初に述べたのは、ずっと昔になりますが虚子以後の俳壇を代表するお一人の森澄雄さんなのです。澄雄さんは元々楸邨門下だったのですが、虚子に目覚め、後の半生は虚子に心酔されました。昭和五十三年主宰誌「杉」の誌上座談会におきまして、判然と『花鳥諷詠』は俳句の思想である」と仰っています。さらに「人間探究」「社会性俳句」そんなものは単なるスローガンに過ぎない、とも言っておられます。

それではお渡しした資料をお開き下さい。そこに先生染筆の色紙をコピーしたものを入れてございます。読んでみます。

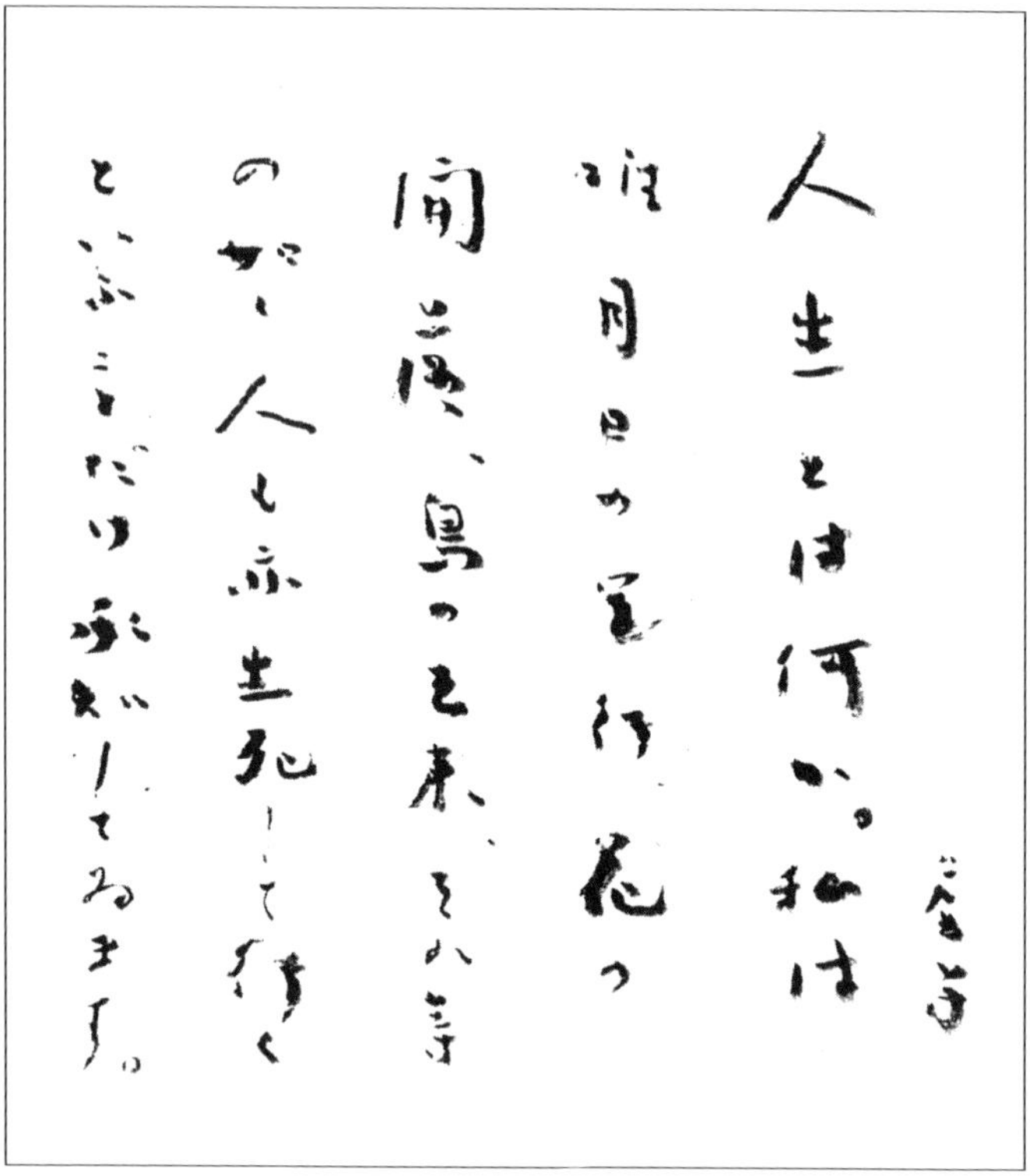

人生とは何か。私は唯月日の運行、花の開落、鳥の去来、それ等の如く人も亦生死して行くといふことだけ承知してゐます。　虚子

この色紙の顛末を申し上げますと、昭和二十四年一月に虚子先生はフランスの詩人ジュリアン・ボーカンス氏に手紙を書いています。その手紙をフランス語に翻訳されたのが、草樹会の会員であられたフランス文学者の時光紀山氏でした。昭和三十一年に星野立子先生が文化使節団の一員としてパリに行かれます。〈皆が見る私の和服パリ薄暑〉をお作りになった時です。その時紀山氏はフランスの友人に立子先生を紹介、何かと便宜を図られました。立子先生は帰国後、紀山氏に何かお礼をしたいと言いますと、紀山氏はそれなら〝虚子の俳句観〟を色紙に書いて欲しいと返事されたのです。

虚子先生は、俳句ならいくらでも色紙に書いたが、文言は書いたことがないと渋ったようですが、筆を執ってお書きになったのが、この文言、これは先生がボーカンス氏に送った手紙の一節でもあるのです。もう一度読んでみます。（略）これが先生の俳句観、即ち「花鳥諷詠」の根源でもあるのです。しっかりとお心に留めて頂きたいと思います。

昭和三十年に刊行されました先生の名著に『俳句への道』がございます。その中から抜粋をして読んでみます。

「草の生命が一年で、人の生命が八、九十年であるとしても、宇宙の生命に比べたならば、共に共に一瞬時である」
「八十年の人の命も、一年の草の生命も、共に宇宙の生命の現れであることに変りはない。花鳥だといって軽蔑する人間は愚か者である。花鳥にも人間に宿る如く宇宙の生命は宿っているのである」

日月星辰、山川草木、禽獣魚虫、全て人間と同じ宇宙の現れの一つである。とするお考え、宇宙の悠久の長さのその一点に立って、宇宙を詠み宇宙と存問する。それが虚子先生の仰っている「俳句」即ち「花鳥諷詠」の真意であろうと思うのです。

それでは宇宙の話をさせて下さい。ビッグバンというものがございました。百三十八億年の昔想像を絶する大爆発がございまして、飛び散った埃や塵やガスが集まって星になり宇宙が誕生しました。太陽の誕生はそれから九十二億年後、今から四十六億年前に、燃え尽きた恒星が残したガスと塵が集まり、核融合して輝きはじめました。同じ時期燃え尽きた星がガスや岩石のボールとなり、木星や土星などのガス型の惑星、そして火星や金星、そして地球のような岩石型の惑星が生まれたのでございます。

地球はくすぶりながら自転をしつつ、太陽の周りを回りはじめたのでございますが、初めの頃は高速自転、一日は四時間半位だったそうです。五千万年程経ってテイアという惑星が地球に衝突、地球は真っ暗闇になったのですが、テイアの核をなしていた鉄が内部に流れ込み、地球は高温・高密度の金属の球となり、その一年後、月という仲間が誕生、月の重力により地球は安定、一日は今と同じ二十四時間になったのでございます。

それではその地球の上に、いわゆる生命が誕生したのは何時か、それはそれから更に八億年後、今から三十八億年前だろうと言われています。但し生命の誕生にはタンパク質が必要ですが、それがどうやって出来たか未だ不明、海から来たとか、他の惑星から貰ったとか、いろいろ説はあるようなのですが如何でしょう。宇宙探査機「はやぶさ」二号が小惑星から持ち帰った砂の中にタンパク質の素となるアミノ酸が見つかった、とニュースがありましたが、どうなるでしょう。

生物には動物と植物がございます。どちらが偉いのか、皆さん動物は生きてゆくためには自分で食べるものを探さなければなりません。弱肉強食食物連鎖という言葉もございます。しかし植物は大地に立っているだけで、日の恵み、地の恵みを受けつつ何百年の間生き続けることが出来るのであります。そこに立っている一本の欅の木の方が、私共よりはるかに立派だということ、虚子先生の「花鳥を軽蔑する者は愚か者」だとする所以もそこにあるのでございます。

地球の誕生から現在まで、一億年を一メートルとして四十六メートルの絵巻物にすると、南アフリカに現れた人類の発生は今から二十万年前頃、絵巻の最後の二ミリにしかすぎず、さらに文明の世の長さを言えば、最後の〇・〇五ミリであるということです。

虚子先生は「人生は、花の開落、鳥の去来」と同じだと仰っています。共に宇宙の現れの一つであるということですね、人間も花も鳥も同じであるということ、しかし、一つだけ人間が花や鳥と同じでないことがあるのです。何だと思われますか――。

人間が他の万物と違う一つ、それは人間だけが死ぬということを予知しているということです。人間は己は死ぬという知恵を授かったばかりに死後のことを考えるようにもなりました。三途の川も地獄も極楽も全てそこにあります。

仏教というものがございます。インドを源とします仏教、釈迦の誕生は紀元前五、六世紀の頃、今から遡れば二千五、六百年前の頃、仏教として定着したのは紀元前後の頃だと言われています。

日本へ来たのは何時頃か、私などは戦争中の子供でございますので、歴史には皇紀というものがございました。神武天皇を始祖とする皇紀では一二一二年（仏教の伝来イチニイチニ）と覚えたものでございます。しかし皇紀は西暦よりも六百六十年遡っておりますので、今では五五二年ということ、今から僅か千五百年ほど前のことでございます。

しかし、この仏教を受け入れるかどうかでは紛争がございました。日本は神の国ですから反対は当然ある訳でございます。時の推進派は蘇我氏、反対派は物部氏、勢力争いの末、結局は蘇我氏が勝って受け入れることが決まったのでございます。

その後仏教は「国家仏教」として国の保護を受けることになりました。仏教を基本とする国政で氏族間の統一を図ろうとしたのです。

九世紀の初めに遣唐使として出国し、経典を抱えて帰国されました人に最澄さんと空海さんがおられます。最澄さんは比叡山に入られて延暦寺に天台宗を開かれ、空海さんは高野山金剛峰寺にて真言宗を開かれたのでございます。今から約千二百年前のことでございます。

天台宗の流れの中に法然さんがおられます。十二世紀になっての方なのですが、十三歳で比叡山に入られ、後に浄土宗を開きます。「南無阿弥陀仏」は法然さんの唱え始めたものなのです。

基本的には「この世は苦界」であるということ、「南無阿弥陀仏」と念仏を唱えることで「極楽に往生」出来る、ということ。念仏は一日に一回で良いという説と、否何万回も多い方が良いという説に分かれたようですが、どちらでも良いと決着。人々の間に深く浸透して行ったのでした。

人類の原型のホモサピエンスが南アフリカに現れたのは、今から二十万年前頃と言われています。絵巻物の最後の二ミリです。「南無阿弥陀仏」を唱えはじめたのは、更にその何百分の一の長さにしか過ぎないのです。

「花鳥」の世界はその以前に長い長い歴史を持って存在します。かたつむり一つにしましても、三億一千年の長い月日を生き続けているのです。カルシウムの殻を作るのに苦労するのでそれを外そうと、進化を続けた姿がなめくじ、一千年を要したそうです。

「花鳥諷詠」も「南無阿弥陀仏」も思想であるとすることに異議はないとしても、決して同じ物ではないのです。「花も鳥も人間も同じ宇宙の一現象」とする虚子先生のお考え、原初のヤマト民族の中で探してみたいと思います。

『古事記』という書物があります。不幸にして文字を知らなかったヤマト民族が、中国から貰った漢字を和語に直して作り上げた最初の書物です。

稗田阿礼という秀才が暗記していたのを太安万侶が記録したとなっていますが、おそらく阿礼一人ではなく、口伝えに伝承されていたことを、何十人かの人から聞き取って記録したものだろうと言われています。

「天地の初発の時……」『古事記』の冒頭はそこから始まります。「初めて発けし時」とは何時なのか、宇宙の生まれた日か、地球が出来た日か、それは分かりませんが、遠い遠い昔であることは確かなのです。

天上に三人の神様が現れます。創造の神であります。次に二柱の神が現れるのですが、その五柱はすぐに消え、次に二柱の単独神と男女ペアでの五組、神代七代と言われる神々が現れます。その最後のペアがイザナギとイザナミの二神、神々の合議を得て、天の浮橋に立ち、「天の沼矛」で汲んだ潮を垂らして生まれたのが、淡路島にあるオノコロ島でございます。

お二人はオノコロ島に降りて、初めて男と女の契りを結びます。ご承知の「吾が身は成り成りて……」の文言はここで出て参ります。その後経緯はあったのですが、淡路、四国、隠岐、九州、壱岐、対馬、佐渡、と順番に造られまして、最後に本州が大きく作られ大八洲が出来上がるのでございます。

その後イザナミの神は火神を生むことによって死ぬことになります。初めて「死」ということが出て参ります。しかし死んだイザナミの神は黄泉の国という地底の世界へ引っ越して行くだけなのです。現世と黄泉との境は「黄泉比良坂」という坂で繋がれておりまして、その坂は行き来自由、黄泉の国へ遊びに行けましたし、現世に戻って来ることも出来たのです。

これが神話の世界、仏教などには全く関係のなかった、原初のヤマト民族の死生観でもあったのでございます。

もう故人となられましたが日本語研究の大家、大野晋さんに『日本語の年輪』という名著がございますが、その中で大野さんは、「もともとの日本語をヤマト言葉と呼べば、ヤマト言葉に『自然』を求めても、それは見当たらない」、自然は人間と対立するものではなく、「自然は人間がそこに溶け込むところである。自分と自然との間に、はっきりした境が無く、人間はいつの間にか自然の中から出て来て、いつの間にか自然の中へ帰っていく。そういうもの、それが『自然』だと思っているのではなかろうか」と、述べておられます。

自然との共存共生ということは最近よく言われますけど、それよりも自然との融合、はっきりとした区別は持たない、虚子先生の仰る「全ては宇宙の現れの一つ」「死ぬことは自然に帰って行くこと」、生きている現在の一点に立って、宇宙の広やかさと対話し詠うということ、それこそが「花鳥諷詠」だろうと私は思うのでございます。

一つ二つエピソードをお話しします。

赤星水竹居さん、この方は三菱地所の社長をなさった方ですけれど、ホトトギス社が丸ビルに入った関係から親しくなり、終生虚子門下生として活躍された方です。その水竹居さんに先生の日頃の語録を蒐められた『虚子俳話録』という一冊がございまして、その中にこういうのがございます。

昭和十年の大晦日、先生を囲んでのお仲間で浅草寺に除夜詣に行きました。水竹居さん達は群衆にもまれながら観音様を拝んだのでございますが、先生は階下に立ったまま、群衆の参詣する様子を静かに句帳を手にしながら見ておられたそうです。やがて帰りの車の中で先生が「私は人が神社仏閣の前に、賽銭を上げたり拝んだりするのを見ると、可笑しくなります」と仰ったそうです。

神社仏閣を拝むことが信仰ならば、先生にとって信仰とはその程度でございます。しかし、

観音は近づきやすし除夜詣

俳句は確りと作られていらっしゃいます。

もう一つ、これは昭和三十二年でございます。山中湖畔の虚子山廬で夏稽古が行われた時、年尾先生、立子先生などに交じって富安風生さん等も居られま

した。その当時風生さんはノイローゼであったらしく、全員が心配し、医者であった田中憲二郎さんが薬を作ってあげたりしたそうです。

虚子先生は少し離れた縁側の籐椅子に居られたそうですが、聞くともなく聞こえて来た話に、籐椅子から身を乗り出され「死ぬことが怖いですか」と仰ったそうです。風生さんは咄嗟のことに狼狽しながら、「死ぬというそのことよりも、死ぬ前に苦しまねばならないのが嫌です……」とか言ったそうです。すると先生は重ねて、「私は死ぬこと、ちっとも怖くありませんね」と、独り言のように仰ったそうです。

風生と死の話して涼しさよ

これがその時の句会にお出しになった作品、私共の心に残っている一句です。いろいろ申して来ましたが、結局、虚子という人はそういう人、「花鳥諷詠」とはそういうもの、それは何の拘りもなく「宇宙を諷詠する」ということでもあるのです。

最後になりますが、もう少し虚子先生の言葉を拾ってみます。

「人間の生死も、花の開落と等しく、生まれ変わり、死に変わる、宇宙の生命力の流れに他ならない」

「生きることはよいことだ、しかし死ぬ時は死ぬのがよい事だ、全てがあるがままです」

先生のお考えの根底は、生も死も含めて全てを肯定することです。そこから見えて来る宇宙と存問し、宇宙を詠う、それが「花鳥諷詠」だと仰っているのです。仏教でもアニミズムでもないのであります。直接お聞きしたお言葉の中に、

「私が死ぬということは、私が宇宙から消えてゆくのではなく、私の中の宇宙が消えて行くことなのです」

というのもございます。私の胸の奥底に今も残り続けております。

昭和二十四年の夏、先生七十五歳の時、鎌倉のご自宅で寝苦しい深夜、先生は雨戸を開けられて空に懸る銀河を仰がれました。この時の作品は五句とも

『六百五十句』に遺っておるのでございますが、中に、

虚子一人銀河と共に西へ行く

という句がございます。

西へ行くということは銀河が動いているのではなく、地球が東へ回っているからでございます。それも宇宙の一つの摂理、そして銀河の中に煌めく星の一つ一つも、そこに立たれる虚子先生も、宇宙の現れとしては全く同じ物、悠久の宇宙の流れの中に身を置いて、銀河と共に西へ行かれる先生には、ひとかけらの孤愁もなく、生きている今の瞬間を満悦のお心をもって諾うておられるのです。

もう一度申し上げます。「花鳥諷詠」の世界は大きくて深く、そして広いのです。小説では人生を書くことが出来ますが、俳句では宇宙を書き詠うことが出来ます。それが「花鳥諷詠」であるということ、それを申し上げて終わりにしたいと思います。

ご静聴有り難うございました。

句集　春光／目次

装丁　髙林昭太

句集

# 春光

# 香水

平成十九年〜二十三年

平成十九年

露の世の果報に虚子と会へしこと

虚子の指す方へひたすら露の道

富士が繰り出して来てをり鰯雲

猪垣を人は跨いで行きにけり

凩に縮こまりたる富士のあり

血まみれの罠の狐を見てしまふ

懐手して説く花鳥諷詠詩

懐手解いて論敵との握手

平成二十年

天空に富士を示して初明り

寒きこと遺影は知らず微笑める

喪の旅といふは一人や寒の月

風花は天の臚出棺す

縄跳びの縄に叩かれ地虫出づ

垣越えて来し初蝶の息遣ひ

虚子忌五十回忌のゆゑに逢へし人

虚子忌五十回忌欠かさず来て卒寿

牡丹の溺るる雨の止まぬなり

競馬には妙に詳しき女かな

目の前に太平洋や蟹遊ぶ

少年も蟹もこの島育ちなる

赤心の遊子の忌なり夏椿

香水や古女房の誕生日

茶屋涼し虚子の昔に戻る風

七夕に逢ひたかりしを逢へしこと

風を抱くやうにコスモス抱いて来る

ふくらみて齢十日となりし月

富士が富士らしく十一月の貌

冬帝の平らに納め相模湾

平成二十一年

まだ残る星の周りも初御空

地球もう一回転をして二日

帝陵の空や冬日を球と置く

わが胸に生きて虚子あり寒椿

ふるさとの花に喪の旅とは悲し
今生の花見納めて逝かれしと

五十年何を為せしか問ふ虚子忌

虚子貶す人も仲間にうららかに

身を細うして牡丹の風に耐ふ

十の鉢あれば鷺草百羽にも

大欅立夏の風の潔し

雨宿り乞へば夏炉の近くへと

還りしは遺髪だけなる墓洗ふ

十句捨て残りし一句ホ句の秋

露の世の道灌山の子規と虚子
けふ尽さねばならぬかに黄落す

平成二十二年

虚子の示されしこの道恵方とす

読初の一書己を磨くべく

こころ喪にあれば潤みて春の月
輪をひとつ描いてあるのも蜷の道

袷召し杖曳く虚子に従ひし

日輪の揉まるる風に朴の花

山河立ち上がりて梅雨の明けし空

海の日の海へ電車のまつしぐら

宙とんで行くかに駆けて祭の子

硯洗ふ父の形見はこれ一つ

人々のけふも残暑でありし顔

人亡びても蚯蚓鳴く世はあらむ

老虚子に浅間颪の隙間風

文化財なれば詮なし隙間風

平成二十三年

双六の花の都へあと少し

予定表消して加へて春近し

追伸に逢ひたしとあり春近し

その内といふ約束も春隣

かたかごの咲く山の消え母校消え
初花の一つの何と誇らしく

開かんとして牡丹の朝日待つ

対峙してあり天日と牡丹と

勉強もプールも競ひたる友よ

甲斐信濃入道雲の睨み合ふ

棕櫚の蠅叩一打し虚子偲ぶ

生身魂一つ覚えに虚子のこと

露の世の二人きりとは汝と我

雲の下雲の向うも花野なる

諷詠の道の夜学に終りなし

速達に速達返す十二月

伴侶とは病む妻のこと冬籠

宝くじ買ふ極月の真顔あり

# 笹鳴

平成二十四年～令和二年

平成二十四年

神杉をしづりし雪の天に散る

田楽をかざし諷詠論を説く

松に載り石には消ゆる春の雪

遠足の子の母にだけ買ふ土産

父の日の父に日本一の酒

武蔵野に親相模野に子雷

病葉や人にも不治の病あり

癌の妻支へ極暑を耐へ来しが

癒ゆる目処もうなき妻と盆の月

今生の最期の汗を拭いてやる

夏布団平らに妻の息絶えし

通夜の客帰したくなき雷の鳴る

火葬場へ導師の鉦の冷やかに
仏壇が居場所となりし妻の秋

妻逝きて喧嘩相手もなき夜長

妻恋ふは女々し女々しと笹鳴ける

平成二十五年

初明り地球は四十六億歳

かたはらに妻亡き年の改る

師を偲び妻偲ぶ初旅にあり

この雪の富士の噴く日を怖れずや

雪女哭くかと聞けば風の音

二ン月のまだたぢろいでゐる心

夜は星の降るみ吉野の花の宿
蜷の道そこはヘアピンカーブして

泉下とは朴の咲く下妻眠る

人よりも雲の近くに朴の花

大八洲伸びきつてゐる大暑かな

炎帝にこん畜生と立ち向ふ

虚子語りながらの涙生身魂

新蕎麦をすすりて祖谷に寿

そこにある月は地球の友である
草の花虚子先生も下駄でした

邯鄲に立ちて逢瀬のごとく待つ

時雨るるや花鳥諷詠庶民の詩

明けて来し山河や鶴の羽の下

夕月へ行きて戻りて鶴の舞ふ

平成二十六年

自らが決めたる道を恵方とす

寒夕焼神の切絵の富士を置く

銀座の灯恋うて来してふ雪女

天地のまだ引きずつてゐる余寒

桃色の薬が効きし春の風邪

落花踏むよりみ吉野の旅となる

み吉野の桜月夜にわが遊行
ものの怪も浮かれ吉野の花月夜

散ることを忘れ眠りに入る花
ひとひらを零して花の目覚めしか

傘深くして惜春の雨を行く

美しき五月の朝を生きてをり

明易の虚子の齢に近づきし
生きてゐる汗を拭うて忌を修す

一丁目だけにありたる雹の害
焼酎の夜はワインの夜とは別

門火大きく方向音痴なる妻に

妻乗せる真菰の馬に金の鞍

赤まんま杖曳く虚子を先頭に
頬杖を突かれし虚子の秋思とは

葬ひのすみし放心十三夜

必ずや銀杏黄葉に野の社

蚯蚓鳴くこの地のどこか火噴く山

冬めくも友逝くこともみな淋し

老骨の折れんばかりの大嘘
大嘘しても美人は赦されて

平成二十七年

褒められてゐるのはうれし初便

妻の影消えて三年春障子

初花や雨のきのふはもう昔

山笑ふ雲の帽子をちよと斜め

コーヒーはブラック桜餅も好き

句敵の三十人と花の膳

み吉野の花鳥とありて惜しむ春
別れ惜しとは人よりも花にかな

ダービーの果てし怒号か歓声か
碧眼に生まれ日本の蜻蛉なる

八十のガールフレンド巴里祭

籐椅子に富士と一緒に暮れてゆく

月を見てやさしくなつてねまるかな

虚子伝へゆかねば露の世を生きて

落伍せず歩きし花野振り返る

わが秋思遺影の妻も同じかも

人乗せて浮いてゆく家秋出水

大地病みゐるか今宵も蚯蚓鳴く

富士を越す頃には晴れて神の旅

値の高い方が効くかと風邪薬

牡丹焚く火のみちのくの闇の底

情あり牡丹焚く火のもつるるは

平成二十八年

乗初の遺影も連れて富士を見に

一ト言を遺影に詫びて初旅に

寒濤の千騎連ねて九十九里

大海の闇は解けず寒の月

決めかねてまだせぬ返事春浅し

鯉の口霞を呑んで引つ込みし

花冷の夜の集ひに心して
みよし野の朧に人か獣か

誰よりも長閑に生きてゐるつもり

向き合うて苺つぶしし妻は亡し

いつ見ても富士はやさしき夏の山

阿波の国沸騰させて蝉時雨

清貧の蔵書は豊か虫干す

膝までがすぐ腰までに秋出水

徐行してくるる電車に見る花火

虚子山廬小春の句碑を撫でて訪ふ

こころ寄せ虚子山荘の炉を開く

綿虫も山廬の過客見送りぬ

平成二十九年

買初に供華を加へて帰り来し

寒の老気づかふ朝な娘のメール

一本もなほざりならず寒肥す

そんな気にさせる太陽春近し

猿帰りゆきたる山に春の月

好きだつた仏に二つ桜餅

君が来れざるが淋しも花の旅
み吉野に君待つ菫咲きたるに

千本の一本づつの花の朝

ひとひらも散らねば花の下に倦む

姉妹かと訊けば母と娘花衣

病む君を思へば梅雨の憂さなんど

梅雨晴の雀そんなにうれしいか
ハンカチを持つたかと訊く妻は亡し

かなかなをかなしと言ひし妻の忌よ

星月夜されどさだかに妻の星

榛名富士までの松虫草の海
山の神湖の女神と花野の夜

病みをれば長き夜さらに長からむ

高僧も人の子風邪を召されしと

腕まくり虚子山荘の落葉掃く

暮れてから集まる句会冬至なる

雪吊に松の姿の納まりし

山眠るなり帝陵を眠らせて

平成三十年

初日へと回る地球に立つてをり

君病みて一年が経つ春寒し

思ひやる今年も花を見ずに病むを
偲ぶときさくらさびしき色と見る

み吉野の風の淋しさ花のあと
懐に抱かれ吉野の春惜む

百人が同じ弁当野に遊ぶ

家系図に粉飾すこし武具飾る

虚子よりも生きて我あり明易し

万緑を歩いてゐても偲ぶ人

老生きてゆかな極暑にへこたれず

炎帝も我も死に物狂ひかな

虚子に問ふことまだありて老夜学

虚子のこと伝へて老いて文化の日

老の足木の実一つに躓くも

時雨るるや鈍重なれと虚子の謂ふ

句の神の旅立ち懐紙ふところに

武の神の旅に重たき腰の太刀

毀れたる体内時計風邪の所為

師走病むとはもどかしきことならむ

平成三十一年

闘志まだ老いてはをらず初鏡

全快をよろこび御慶申し上ぐ

励むものあれば春寒など忘れ

雲雀落つ回る地球を追ひかけて

桜餅いまは仏の妻に買ふ

令和元年

きのふより老いてけふあり新茶古茶

話しかけみても遺影よ梅雨に倦む

梅雨憂しとせず句を作り句を選ぶ

ふと淋し夏至を過ぎたる夕日見て
夏帽子買ふにも妻のゐなければ

書架高く置く虚子の書は黴びさせず

暑き日に熱く語りて虚子のこと

残暑これしきと己に言ひ聞かせ
水禍癒えざるに秋さぶ雨がまた

いとほしむ命は人も綿虫も

一書読み終へて新幹線夜長

今にして聞く秘話ひとつ年尾の忌

笑はれてすみし怪我なり老小春

おでん酒虚子のことなら負けはせぬ

虚子貶すのはまた君かおでん酒

明日終ふ命でもよし日記買ふ

クリスマスカード貧しき国に友

令和二年

老の春座右の銘に虚子の言

風だけが春待つ富士の邪魔をして

日出づる国に富士あり建国日
うろたへてゐるは人の世山笑ふ

万蕾のいざ初花へ満を持す

心してひとりの虚子忌修すのも

落花吐き出して鯉にも慌て者

供へある仏に柏餅貰ふ

梅雨憂しとせぬ恪勤を師に倣ふ

少年の日よりの俳書黴びさせず

一ト回り若いと言はれ汗の老

羨ましがられて夏の好きな老

日盛りを歩く日課も老の意気

達者かと問はれ日焼の腕を見す

言はれずも今も才女よ生身魂

口説かれることまだあると生身魂

残暑とて慣れてしまへばこんなもの

満月となりて地球の横に浮く

旅出来ぬ地球となりぬ鰯雲
うすくともあれば冬日に励まされ

浅漬や妻は亡くとも娘の居りて
虚子ほどの思ひなけれど懐手

老夜学万年筆に贅のあり

指折りてまだ数へ日といふは先

# 春光

令和三年〜五年

令和三年

賜りし米寿の春を畏みて

嗤はれるほど虚子が好き老の春

虚子謂ひし宇宙を詠まなホ句の春

枯木影伸ばして地球回るなり

虚子よりも生きて凡なり寒椿

米寿行く残る寒さを蹴散らして

蛇穴を出て見つからぬやうに行く

虚子像の襟の春塵払はねば

きのふよりけふ花は葉に人は老い

老の待ち野山も待ちし五月来ぬ

汗をかく季節が好きで永らへし
米寿翁涼しき顔でまだ生きて

何一つ妻の遺品は黴びさせず
甚平がもう普段着の老である

人老いてゆく籐椅子に掛けるたび

八月十五日を生きて米寿なる

新涼のこの風富士の投げて来し

人流の途絶えたる闇蚯蚓鳴く

師の句集校正夜長たのしみに

秋惜むにも気がかりは病める人

虚子よりも三つ生き過ぎゐる秋思

田の神の旅にも野良着脛出して

令和四年

老の春寡黙は虚子に倣ひてや

百尺竿頭さらに一歩をホ句始

疫病も残る寒さも居座つて
穴を出し虫に嗤はれゐる自粛

上梓の日待たれず永久の春眠に
春眠のつづきを虚子に抱かれて

汀子恋ひつつの虚子忌を老一人

生きてゐるだけで幸せ風五月

報恩の一書仕上げて聖五月

明易の夢でしかもう逢へぬ師よ

父の日の娘に終活を命じらる

梅雨晴の朝日朝風朝の富士

汀子恋ふ老の心の火蛾よりも

端居して偲ぶ心にまた沈む

炎帝に嚙みつかれたる首根つ子

炎帝の一ト息入るる日は我も

虚子の謂ふ深まだ遠し老夜学

妻逝きて十年が経つ茎の石

令和五年

初空も老の心も瑕瑾なく

恋しきは虚子より汀子寒椿

卒寿とは徒ならぬ数福の豆

卒寿より踏み出す一歩春風裡

死神に克ち春光に蘇る

死に損ねたる身いたはり春惜む

生きてゐる限り励めと風五月

かがやける五月卒寿をまだ生きて

生きてさへをれば乾坤風薫る

竹夫人忘れ入院長びける

リハビリの足蹟くな蟻踏むな
汗もなく終るリハビリ物足りな

畳まれて待つ甚平に退院す

役に立つことも少しは生身魂

老を生く露の命を踏んばつて
露の世の卒寿いささか生き過ぎし

生きゆかな卒寿の先を爽やかに
追ひかけてばかりや老の冬支度

老いしこと老いてゆくこと秋深む

虚子と生き汀子と露の世を詠みし

姦しや女神ばかりで行く旅は

日の神は旅をなさらず臠はす

死の淵を見て来し年も逝かむとす
年送る天意のままに永らへて

句集　春光　畢

## あとがき

私の四冊目の句集である。

平成十九年の秋からの作品になるが、平成二十四年に妻を、令和四年には師を亡くすという大きな喪失感に苛まれ、令和五年三月卒寿の誕生日を終えたばかりで、蜘蛛膜下出血を発症。生死の境を彷徨うて生還、天命を繋いで現在に至っている。

句集もこれで最後かと、勧められるままに作ることにしたが、十六年間の句から選び出して三百三十二句を残すことにした。

令和五年の五月に、日本伝統俳句協会の中国支部の大会で講演を頼まれていたが、病を得てそれが叶わず、用意してあったものを纏めて講演録とし序に代えてみた。虚子先生から教わったことは結局こんなこと、決して難しいことではない、「俳句は『庶民の詩』である」と、仰っている。
出版に当たっては、「文學の森」寺田敬子社長がわざわざご足労下さって、熱心なご勧誘を頂いた。厚く御礼申し上げたい。

令和六年六月二十一日　遅れた梅雨に入った日

木村享史

著者略歴

木村享史（きむら・きょうし）　本名・清

昭和８年２月徳島県鴨島町に生まれる
昭和22年秋頃より俳句を始む
昭和24年８月ホトトギス初入選
以後現在までホトトギスに拠る

現　在　ホトトギス同人
　　　　（公社）日本伝統俳句協会顧問

句　集　『行雁』『花朴』『夏炉』

現住所　〒252－0131
　　　　神奈川県相模原市緑区西橋本5－2－13－2402
電　話　042－855－8537

句集　春《しゅん》光《こう》

発　行　令和六年十一月八日
著　者　木村享史
発行者　姜　琪　東
発行所　株式会社　文學の森
〒一六九-〇〇七五
東京都新宿区高田馬場二-一-二　田島ビル八階
tel 03-5292-9188　fax 03-5292-9199
e-mail mori@bungak.com
ホームページ http://www.bungak.com
印刷・製本　大村印刷株式会社

ISBN978-4-86737-271-5　C0092
落丁・乱丁本はお取替えいたします。